그대를 사랑하는 일이
나는 가장 행복했어요

*

이동식 시집

도서출판

예율

서시 序詩

나는 새입니다.
나는 자유로운 새입니다.

내가 자유로운 것은
세상 어디든 맘대로
날아갈 수 있어서가 아닙니다.

내가 자유로운 것은
사랑하는 그대에게로
날아갈 수 있어서입니다.

재물에 변심하지 않고
출세에 돌아서지 않고
유혹에 넘어가지 않고

오직 사랑하는 그대에게로
목숨 걸고 인생 걸고
훨훨 날아갈 수 있어서입니다.

2024년 초봄에 이동식

제1장

이제 그대만을 위하여

작은 사랑엽서

그대가 그립지
않은 날이 없습니다.
그대가 사랑스럽지
않은 날이 없습니다.

곱게 물이 든 단풍처럼
삼백육십오일 내내
그대 향해 물든 내 마음

그대가 그리워서
그대가 사랑스러워서
오늘도 빠질 줄을 모릅니다.

사랑한다면

내가 아무 말 하지 않고
사랑하는 사람이 가자는 곳으로
즐겁게 따라 가는 것은

사랑하는 사람은 나를
풀 한포기 보이지 않는
사막으로 데려 가지 않고
온통 꽃향기 만발한
꽃밭으로 데려 갈 것임을
나는 굳게 믿고 있기 때문입니다.

사랑한다면
사랑하는 사람의 말을 믿으세요.
설령 사막이 보이더라도
투덜거리지 말고 믿으세요.

그러면 사랑하는 사람은 나를
사막이 아닌 사막의 꽃밭
오아시스로 데려다 줄 테니까요.

참다운 사랑

손에 꽉 쥐고 있어야 내 것이 되는 것은
진정한 내 것이 아니야.
손에 꽉 쥐고 있어야만 내 것이 되는 것은
구속을 목적으로 하는 것이기 때문이니까.

손에서 놓아 주었는데도 도망가지 않고
내 곁에 머물 때야 진정한 내 것이 되는 거야.
사랑은 구속이 아니라 자유이기 때문이지.
자유를 주었는데도 내가 좋다며
내 품을 파고들 때, 그것이 참다운 사랑인 거야

지금 너와 내가 하는 사랑처럼 말이야.

함박꽃

그대가 웃으면
그 모습이
내겐 꽃입니다.

꽃 중에서도
크고 탐스런
함박꽃입니다.

그대가 웃으면
나도 따라서
함박꽃이 되고 맙니다.

행복편지

다른 사람이 아니라
그대가 내 곁에
머물러 있다는 것이,
그대가 내 맘에
살고 있다는 것이
얼마나 행복한지 몰라요.

나도 알아요, 세상엔
노을을 보는 것처럼
단풍을 보는 것처럼
수많은 행복이 있다는 것을.

하지만 뭐니 뭐니 해도
그대를 사랑하는 일이
나는 가장 행복했어요.

그대만을 사랑하는 이 마음
앞으로도 영원히 변치 않고
그대만을 사랑할 거예요.

천생연분1

세상에서 날
그리워하는 사람이
한 사람만 있다면
나는 그 사람이
그대였으면 좋겠습니다.

세상에서 날
보고파하는 사람이
한 사람만 있다면
나는 그 사람이
그대였으면 좋겠습니다.

그건 나에게는 그대만이
이 세상에 있는
단 한 사람 천생연분
사랑이기 때문입니다.

이제 그대만을 위하여

사랑은 꽃에게서도
별에게서도 오는 것이 아니었습니다.

아무리 어여쁜 꽃도
아무리 빛나는 별도
내게 사랑을 가져다주지는 못했습니다.

내게, 내 마음에
사랑을 한가득 가져다 준 것은
꽃도 아닌 별도 아닌
바로 그대란 사람이었습니다.

그대를 보고서야 비로소 나는
심장이 두근두근 뛰는
사랑이 찾아왔음을 알게 되었기 때문입니다.

오! 내 사랑 그대여, 어서 오세요.
이제 그대만을 위하여
나는 한세상 살아가겠습니다.

좋은 사람

누군가가 봐서
좋은 사람이 아니라
그대가 봐서
좋은 사람이 되겠습니다.

그것은 나는
누군가와 살아갈
사람이 아니라
그대와 살아갈
사람이기 때문입니다.

특히나 그대는
세상 누구보다도
좋은 사람임을
내가 익히 너무나
잘 알고 있기 때문입니다.

그대가 있는 곳이

가까이 있다고 해서 가고
멀리 있다고 해서 아니 가겠소.

맑은 날이라 해서 가고
궂은 날이라 해서 아니 가겠소.

밝은 한낮이라 해서 가고
짙은 밤이라 해서 아니 가겠소.

걷기 좋은 평지라 해서 가고
험한 절벽이라 해서 아니 가겠소.

그대가 있는 곳이, 내가 가야할
이 세상을 사는 최고의 이유인 것을.

꽃길

그대 사랑하는데
꽃길만 함께하기를 바라겠어요.
가시밭길도 함께해야지요.

아니 가시밭길일랑
더욱 손잡고 함께 가
언젠간 꽃길로 만들어야지요.

꽃길은 그냥 꽃길을
함께 걷는 것보다
가시밭길을 꽃길로 만들었을 때
그 기쁨이 더욱 큰
아름다운 꽃길이 되는 거예요.

진정 그대 사랑하는데
꽃길만 함께하기를 바라겠어요.
가시밭길도 함께해야지요.

그대와 어우러져

그대와 어우러져
평생을 산다는 것은
이 세상에서 내가
들녘에 핀 꽃에 감동하며
사는 것이 아니라

그대가 꽃으로 펴서
예쁘게 살아갈 수 있도록
언제나 함께해준다는 것입니다.

그대와 어우러져
일생을 산다는 것은
이 세상에서 내가
하늘에 뜬 별에 감동하며
사는 것이 아니라

그대가 별로 떠서
빛나게 살아갈 수 있도록
언제나 같이해준다는 것입니다.

이미 하나인 우리

우리는 하나이므로
바람이 불 수 있는
가장 센 바람으로 불어와도
흔들리지 않습니다.

우리는 하나이므로
겨울이 추울 수 있는
가장 혹독한 겨울로 추워져도
얼어붙지 않습니다.

우리는 하나이므로
어둠이 까말 수 있는
가장 짙은 어둠으로 까매져도
무서워하지 않습니다.

오늘도 그대와 나는
이미 하나인 우리
더욱 하나가 되어
행복하게 살아가고 있습니다.

자라던 키가 멈추는 이유는

자라던 키가 멈추는 이유는
그때부턴 사랑이
자라는 시기이기 때문입니다.

외사랑도 아닌
풋사랑도 아닌

목숨을 걸어도 좋을,
인생을 걸어도 좋을
그런 운명 같은 사랑이
자라는 시기이기 때문입니다.

그대에게 전하는 말

그대를 사랑하는 일이
나는 가장 행복했어요.

꽃이 예쁘게 핀 봄날에도
신록이 푸르게 우거진 여름날에도
단풍이 곱게 물든 가을날에도
눈이 새하얗게 내린 겨울날에도

다른 것이 아닌 오직
그대를 사랑하는 일이
나는 가장 행복했어요.

그대는 나의 아름다운 사람.
이제 그대 없는 내 인생은
아주 조금도 생각할 수가 없는
나는 그런 사람이 되어버렸어요.

그러니 그대여! 언제까지나
내 맘속에 머물러 살아가주는
나의 소중한 사람이 되어주오.
나의 특별한 사람이 되어주오.
나의 영원한 사람이 되어주오.

선물

내가 그대에게
주고 싶은 선물은
내일도 오늘 같은
나의 사랑입니다.

내가 그대에게
받고 싶은 선물은
내일도 오늘 같은
그대 사랑입니다.

처음 그대 사랑했던
내 마음 그대로
처음 나를 사랑했던
그대 마음 그대로

먼 훗날에도 변치 않는
우리의 사랑입니다.

지상낙원

풀 한포기 나지 않는
사막에서 살지라도
차도 들어오지 않는
오지에서 살지라도

그대만 내 곁에 있다면
나는 얼마든지 신나게
웃으며 살 수 있습니다.

나에겐 그대가 있는 곳이
세상에서 가장 살기 좋고
즐거움이 넘쳐나는
지상낙원이기 때문입니다.

별이 빛나는 것은

별이 빛나는 것은
바라봐 주는
또 다른 별이 있기 때문이다.
운명의 별이 있기 때문이다.

단지 별은
둘이 바라보는 것으로 빛나는 것이어서
자신들의 빛남이
지상의 사람에게까지 다다른다는 것을 모른다.
지상에 있는 사람의 마음속까지
아름답게 밝히고 있다는 것을 모른다.

자신들의 빛남이
그렇게까지 찬란하고 아름다운 빛남인지 모른다.

사람이 사람을 만나
사랑하는 것은
바로 이 같은 별이 되는 일이다.

자신들이 얼마나
찬란하고 아름답게 빛나는 줄 모르고
오로지 서로만을 죽도록 사랑하는 별이 되는 일이다
바로 이 같은 별이 되는 일이다.

오늘도 당신은

오늘도 당신은
혼자 봐도 좋고
둘이 마주보면 더 좋은 그런 사람입니다

물끄러미 혼자서
당신을 보고 있노라면,
보고 있는데도 그리움이
가슴에서 새록새록 돋아납니다.

어쩌다 당신과 나
눈을 마주 보게 되면,
마주보고 있는데도 사랑이
눈빛을 타고 초롱초롱 빛납니다.

이렇게 그리워하고
이렇게 사랑하여
당신과 나 언제나 함께하는데
세상을 살아가면서 두려울 것이 무엇 있겠습니까!

진정 오늘도 당신은
혼자 봐도 좋고
둘이 마주보면 더 좋은 그런 사람입니다,

그대와 함께라면

나와 함께 살아가는 그대여,
오늘도 내 곁에서 조곤조곤
대화도 주고받고 눈빛도 주고받고 사랑도 주고받아요.

나는 그대가 곁에 있는데도
잠시라도 그대와 떨어져 살고 싶지가 않아요.
나는 그것이 무엇이든 그대와 늘 함께 하고 싶어요.

나는 그대만 곁에 있으면
이 세상에서 못해낼 일이 하나도 없을 것 같아요.

그대와 함께라면
기쁨만이 우리 사이를 꽃으로 가득 채워줄 것 같아요.
고마워요. 그대가 있어
오늘도 나는 참으로 행복하게 잘 살아가고 있습니다.

너를 사랑해야지

오늘 사랑해야지.
사랑할 날이
얼마나 남았는지 모르니.
오늘 미워하지 말고
오늘 잊고 지내지 말고

오늘 사랑해야지.
사랑할 날이
얼마나 남았는지 모르니.
오늘 만나자는 말도 먼저 하고
오늘 사랑한단 말도 먼저 하고

오늘 사랑해야지.
사랑할 날이
얼마나 남았는지 모르니.
오늘이 아닌 내일로 미루지 말고
오늘, 오늘 내 모든 것을 다해

너를 사랑해야지.

둘이 하는 사랑은

그대 우리 길을 가다
태풍을 만나더라도
우왕좌왕 하지 말고
의연하게 대처하도록 해요.

그대 우리 길을 가다
산사태를 만나더라도
허둥지둥 되지 말고
굳건하게 대처하도록 해요.

우리는 하나가 아닌 둘이니까요.

둘이 하는 사랑은
그리 약하지 않습니다.
생각보다 강한 것이
둘이 하는 사랑입니다.

나는 그대와 둘이라
오늘도 세상의 바람에 굴하지 않고
우리의 꿈길을 그대와
다정하게 걸어가고 있습니다.

인연에 대해

인연은 소중한 것이에요.
이미 이루어진 인연이라고
인연을 헌신짝 다루듯이
그렇게 대해서는 안 되는 거예요.
인연은 세월이 흘러도
해마다 피어나는 봄꽃을 보듯
그렇게 대해야 하는 거예요.
요즘 이별이 많은 것은
인연이 아닌 사람들이 만났기
때문이 아니에요. 인연은 분명 맞지만
인연을 대하는 마음가짐이
달라졌기 때문이에요. 인연은
가까워졌을수록, 허물이 없어졌을수록
더 아껴주고 다정히 대해줘야 하는 거예요.
세상에 그냥 지켜지는 것은 없듯이
인연도 지키기 위해 하루하루
최선을 다해야 하는 거예요.
만약 자신의 잘못으로 인연을 잃는다면
세상에 그것보다 크게 잃는 것은 아마도 없을 거예요.

진정 인연은 세상에서 가장 소중한 것이니까요.

작은 소망의 시

나는 그대의 가슴에
꽃으로 피어나고 싶다.

나는 그대의 가슴에
한 송이 꽃으로 피어나
어여쁘게 살아가고 싶다.

그리하여 나는 그대의
소중한 사랑이 되어
누구보다도 행복하게
이 세상을 살아가고 싶다.

부디 나는 나의
이 작은 소망 하나가 이뤄져
언제까지나 그대와 함께
이 세상을 웃으며, 웃으며
그렇게 살아가고 싶다.

나에게 있어선

세상엔
지위가 높지 않아도,
가진 것이 없어도

같이 있기만 해도
힘이 되는
사람이 있어요.

나에게 있어선
그대가 바로
그런 사람이에요.

아, 그대가 있어
오늘도 나는 즐겁고 평안하게
이 세상을 잘 살아가고 있습니다.

낭비라니요

사랑하는 사람과
함께 어울려 보낸 시간은
어떤 일이 있어도
낭비한 시간이 아닙니다.

설령 싸우며
보낸 시간마저도
낭비한 시간이 아닙니다.

낭비라니요,
사랑하는 사람과
함께 보낸 시간은
다른 사람한테서는
결코 얻을 수 없는
그야말로 즐거움이
철철 넘쳐흐르는
아주 소중한 시간입니다.

그대와 나의 사랑은

그대와 나 서로 계절이 다른 날에
꽃으로 피어나지 말고 계절이 같은 날에
서로의 꽃으로 피어나 사랑이 되자.

서로를 바라보는 눈빛은
온기가 사라지지 않아 언제나 따뜻하고
서로를 담고 있는 마음은
춥지도 덥지도 않은 포근함으로 감싸주자

서로를 향해 있는 그리움은
곁에 있어도 더 그립게 그리워하고
서로를 향해 있는 보고픔은
옆에 있어도 더 보고프게 보고파하자.

그대와 나, 지나온 날보다 오늘
서로를 위해 예쁜 말만을 주고받아
더욱 깊어진 사랑이 되게 하고
강한 바람이 불어오면 서로를 끌어안아
쓰러지지 않고 버텨내고 이겨내게 하자.

그리하여 정녕 그대와 나의 사랑은
세상 누구의 사랑보다 아름다운 사랑으로
죽는 날까지 찬란한 꽃으로 피어있게 하자.
부디 그대와 나는 그런 사랑을 하자.

그대의 편지는

오랜만에 그대의
편지를 받으니
나는 한없이 즐겁습니다.

그대의 편지는
달빛 한 줌
계곡 물소리 한 줌
바람 소리 한 줌........
조금씩 조금씩 모아
빚어낸 것임을 나는 압니다.

그대의 편지는
빗소리 한 줌
무지개빛 한 줌
뭉게구름 한 줌.........
조금씩 조금씩 모아
빚어낸 것임을 나는 압니다.

그대의 편지는
커피를 마시며 읽으면
더 깊은 감흥으로
내 마음을 적셔줍니다.

그대의 편지가 있어
고즈넉한 내 삶의 오후가
평화롭게 흘러갑니다.

제일 처음 사랑한 사람이

제일 처음 사랑한 사람이
그대는 아니지만

지금 나에게 빛나는
별빛을 보게 해주는 사람은
다름 아닌 그대입니다.
지금 나에게 향 고운
꽃 향을 맡게 해주는 사람은
다름 아닌 그대입니다.

아, 제일 처음 사랑한 사람이
그대는 아니지만

지금 내 소중한 것을 담아두는
내 맘속 금고 같은 사람은
결코 다른 사람이 아닌
그대, 그대입니다.

바램

나는 그대를
생각하는 일이
제일 즐거웠어요.

그대도 나를
생각하는 일이
제일 즐거웠으면
참으로 좋겠어요.

나는 그대를
사랑하는 일이
가장 행복했어요.

그대도 나를
사랑하는 일이
가장 행복했으면
정말로 좋겠어요.

잊지 마세요

그리움에
눈물이 있는 이유는
그리움은 혼자서는
아름다워질 수 없기 때문입니다.

그러니 지금
누군가를 그리워하면서
눈물을 흘리고 있다면
그 그리움이
아름다운 그리움이 되기 위해서임을
잊지 마세요.

사랑에
시련이 있는 이유는
사랑은 혼자서는
행복해질 수 없기 때문입니다.

그러니 지금
누군가를 사랑하면서
시련을 겪고 있다면
그 사랑이
행복한 사랑이 되기 위해서임을
잊지 마세요.

제2장

당신만 내게 있으면

당신

한평생 당신을 바라보며
산다는 것은 기쁨이지요.
한평생 당신을 아껴주며
산다는 것은 행복이지요.

가만히 바라보면 볼수록
예뻐 보이는 당신이 있어
당신 향한 나의 사랑은
오늘도 식을 줄을 모릅니다.
당신 향한 나의 사랑은
오늘도 점점 깊어져만 갑니다.

나는 내가 사랑하는 그대를

그리움에 주위를 둘러보니
그대가 내 눈에 쏘옥 들어오네.

보고픔에 주위를 살펴보니
그대가 내 맘에 포옥 들어오네.

나는 내가 사랑하는 그대를
소중히 아끼고 존중하며
평생을 살아도 후회가 없겠네.

내 맘은 내 맘이지만

내 맘은 내 맘이지만
내가 있을 자리는 조금도 없이
그대만 가득 차 있었으면 참말로 좋겠습니다.

그리하여 나는 나지만
그대를 위해 사는 사람으로
평생을 살아갈 수 있었으면 참으로 좋겠습니다.

그대가 있어 오늘도 어제처럼
내가 행복해지는 오늘이어서 너무나 좋습니다.

꽃과 그대

산들에서는
꽃이 여왕이지만
내 마음속에선
그대가 여왕입니다.

산들에서는
꽃을 보는 재미로
행복하지만
내 마음속에선
그대를 보는 재미로
행복합니다.

꽃은 그대를 닮고
그대는 꽃을 닮아서
오늘도 사는 맛이
참으로 좋기만 합니다.

꽃을 보듯

꽃은 아무리
오래 보아도
질리지 않듯이

평생을 봐도
질리지 않듯이

나는 너를
꽃을 보듯
그렇게 바라보며
오래도록 살아가고 싶다.

너는 보면 볼수록
나를 설레게 하는 사람.

네가 있어
오늘도 내 인생은
참으로 행복해서 좋다.

당신은 내가

당신은 내가
영원히 사랑하고 싶은 사람입니다.

이런 당신이 내게 있어
겨울에도 지지 않는 예쁜 꽃 한 송이
내 마음속에 고이 피어 있습니다.

이런 당신하고 라면
백년을 살아도, 천년을 살아도
사랑이 식지 않을 것 같습니다.

아, 정말이지 영원히
사랑만 하며 살아가도 좋을 것 같습니다.

그대는 내게

그대는 내게
짐이 아니라 힘입니다.

그대가 내게
짐이 될 때가 있다면
그것은 그대가
내 곁을 떠나
내 곁에 없을 때
그때뿐입니다.

그러니 그대여,
어떤 일이 있어도
무슨 일이 있어도
내 곁을 떠나지 말고
언제나 내 곁에
꼭 붙어 살아가주오.

그대는 내게
결코 짐이 아니라 힘이니
부디, 부디 그리해주오.

새벽기도

사는 일이 허무한 일이라 하여도
한가지만은 허무한 일이 아니게 하여 주십시오.
사랑하는 사람을 사랑하는 일만큼은
허무한 일이 아니게 하여 주십시오.
작아지고 작아져서
이제 사라져버린 꿈과 희망으로 하여
남겨진 인생에 더 바랄 것이 없다 해도
시들어버리기엔 너무 이른 사랑이
아직 내게 남아 있다는 것만큼은 잊지 않게 해주십시오,
그리하여 모든 것이 떠나 버려
삶의 의욕마저 잃어버렸다 해도
사랑하는 사람을 사랑하는 일에서만큼은
의욕을 잃지 않게 해주십시오.
그리하여 세상은 사랑만 있으면,
꿈이 없어도 희망이 없어도 사랑만 있으면
충분히 행복해질 수 있다는 것을 알게 해주십시오.
충분히 행복하게 살아갈 수 있다는 것을 알게 해주십시오.

나의 소원은

나의 소원은
나를 위한 것이 아니야.
나의 소원은 너의 소원을
이뤄달라는 거야.

나의 소원은
네가 두 손 모아
빌고 또 비는 애틋하고 애틋한
너의 소원을 이뤄달라는 거야.

너의 소원이 무엇이든
너의 소원이 이뤄지는 날
비로소 나의 소원도
행복하게 이뤄지는 날이야.

그날은 너를 위한 날이기도 하지만
나를 위한 날이기도 해.
그래서 나는 너의 소원이 이뤄져
나의 소원도 이뤄지기를
온 마음을 다해 오늘도 기도하고 있어.

참사랑의 길

길이 있습니다.
어긋나 아프고
헤어져 괴로운
그러나 포기하지 말고
가야하는 길이 있습니다.

거미줄을 보십시오.
저렇게 어지럽게 얽히고 섥혀 있어도
어느 길인가는 분명
만나게끔 되어 있습니다.

미로속을 보십시오.
저렇게 알 수 없게 막히고 막혀 있어도
어느 골목인가는 분명
이어지게끔 되어 있습니다.

어긋나 아프고
헤어져 괴로운
많은 길을 지나온 뒤에야 만날 수 있는
그대가 진정 소망하고 원하는
참사랑의 길.

꽃밭처럼 있습니다.
별밭처럼 있습니다.

참된 사랑

당신을 사랑할수록
당신을 사랑하면 할수록
나는 미안한 마음이,
나는 고마운 마음이 듭니다.

누군가를 사랑하면서
미안한 마음이 들지 않는다면,
고마운 마음이 들지 않는다면
그것은 어쩌면 참된 사랑이 아닐지도 모릅니다.

내가 당신을 사랑하지 않았다면
당신은 나보다 더 나은 사람을 만나
지금보다 더 행복하게 살아갔을지도
모르는 일이기 때문입니다.

그러므로 우리는
사랑하는 사람을 사랑할수록
더 미안한 마음을 가져야 합니다.
더 고마운 마음을 가져야 합니다.

그것만이 참된 사랑의
마음가짐이자 마음씀씀이기 때문입니다.

사랑의 기도

내 사랑을 여러 갈래로
나뉘게 하지 마세요.
내 사랑을 여러 사람을 향해 가게 하지 말고
한 사람만을 향해 가게 해주세요.
한 뿌리에서 여러 줄기가 나온 나무보다
하나의 줄기만 나온 나무가
파란 하늘에 더 가깝고
잎새 풍성한 거목이 되듯
내 사랑도 한평생 한 사람만을
바라보며 살아가게 해주세요.

평생 해만 바라보고 사는 해바라기처럼
평생 달만 바라보고 사는 달맞이꽃처럼

그리하여 그 한 사람에게서
내 사랑이 파란 하늘에 더 가깝고
잎새 풍성한 거목이 되게 해주세요.
부디 그 한 사람에게서 내 사랑이
행복의 결실을 거두게 해주세요.
웃음소리 가득한 행복의 결실을 거두게 해주세요.

내 이름을 불러주세요

그대여, 내 이름을 불러주세요.
다른 사람들은 아무리 내 이름을 불러도
내 심장이 뛰지 않는데,
그대가 내 이름을 부르면
그대가 그립다고, 보고프다고
내 심장이 두근두근 뛰어요.

내가 이 세상에 태어나고
이름을 갖게 된 것은
순전히 그대 때문이에요.
그대가 내 이름을 부를 때만이
나는 그대의 사람이라고
내 심장이 두근두근 뛰니까요.

나는 이제 그대의 사람,
될 수 있는 한 그대가 내 이름을
많이 불러줬으면 좋겠어요.
그리하여 나는 그대의 곁에서
그대가 내 이름을 부르는 소리를 들으며
그대의 사람으로 오래도록 살아가고 싶어요.

아, 그대여! 오늘도 그대가
내 이름을 다정히 불러주면은
내 마음은 어제처럼 참으로 행복할거예요.

당신만이 내 사랑이어서

당신이 나와 함께 해준다하니
그것 하나만으로도 나는
사는 일이 즐겁기만 합니다.

당신은 어느새 내 마음에 들어와
살림을 차리곤 주인이 되어선
나에게 즐거움을 주고 있습니다.

내 마음에 들어왔던 사람
이전에도 있었으나 그들은 완전한
주인이 되어 살지 못하고
세입자로 살다가 떠나버리곤 했습니다.

그런데 당신은 달랐습니다.
처음부터 내 마음을 완전히 사로잡고
내 마음에 꼭 드는 사랑이 되어
급기야는 내 눈마저 멀게 하였습니다.

아, 당신만이 내 사랑이어서
나는 오늘도 하늘의 축복을 받은 듯이
이 세상을 즐겁게 살아가고 있습니다.

참으로 행복한 내 인생

그대는 무엇보다도
참으로 큰 마법을 지녔습니다.

그대는 오랫동안 별 흥미 없이
평상시처럼 미미하게
뛰고 있던 나의 심장을,

그리운 사람을 보면 뛰는
보고픈 사람을 보면 뛰는
그런 심장으로 바꿔놓았으니까요.

요즘은 그대를 보면 볼수록
그 증상이 점점 더 심해지고 있어
그대가 정말로 너무나 좋습니다.

참으로 행복한 내 인생
생이 다하는 날까지 그대와 함께하는,
그런 인생을 살아가고 싶습니다.

목숨을 걸고서

그대를 사랑하는 것이
몸을 사려 숨는 일이 아니라
목숨을 거는 일이어서 좋다.

목숨을 걸고서
그대를 언제까지나 아끼고 지켜주는 일이
내가 이 세상에서 하고 갈
사랑이라서 정말이지 좋다.

네 사랑의 늪

너를 만나다보니 차츰차츰
너에게 빠져드는 느낌이 들었어.

너는 사랑의 늪일지 몰라.

나는 그냥 더 깊이
너에게 빠져들고 싶었어.
네 사랑의 늪의 깊이가
어느 정도인지는 몰라도
나는 너에게서 벗어나려고
애를 쓰기보다는
기를 쓰기보다는
그냥 더 깊이 빠져들어
너의 사랑에 나를 맡기고 싶었어.

나는 오늘도 네 사랑의 늪으로
빠져드는 삶을 살아서 그런지
몸과 마음이 참으로 평온해.

마치 집에 있는 것처럼 평생을 머물러 살아도 좋을 만큼
그렇게 평온해.

그대는 사랑할수록

오늘도 그대 덕분에
웃으며 살 수 있어서 참 좋다.

내가 그대를 만난 건
하늘이 내려준 축복.

그대는 사랑할수록
나를 살맛나게 해주는 사람.

이제 내게서 그대가 없는 건
결코 상상도 할 수 없는 일.

아, 오늘도 그대 덕분에
웃으며 살 수 있어서 참 좋다.

신바람 나는 인생

내 맘속에 당신이 있으니
그것만으로도 나는
사는 게 너무 좋아서
신바람 나게 세상을 살아갑니다.

내 맘속에 당신이 없었으면
세상에 그 누가 있어
나에게 신바람 나는 인생을
선물로 가져다주었을까요.

당신이 있어 오늘도 나는
신바람 나는 인생을
더욱더 신바람 나게 살아가고 있으니
이 보다 더 나은 즐거움은
아마 이 세상 어디에서도 구할 수 없을 것입니다.

그대가 예뻐서

밤하늘의 별을
물끄러미 내가 쳐다보는 건
별이 빛나서가 아니었습니다.

가만 생각해보니 그것은
내 안에 있는 그대가
너무나 빛나도록 예뻐서였습니다.

화단의 꽃향기에
지그시 눈감고 내가 취해 있는 건
꽃향기가 고와서가 아니었습니다.

곰곰 생각해보니 그것은
내 안에 있는 그대가
너무나 곱도록 아름다워서였습니다.

그대가 너무나 빛나도록 예뻐서
그대가 너무나 곱도록 아름다워서
오늘도 나는 세상 누구보다도
큰 기쁨과 즐거움을 마음에 충전하고 있습니다.

하얀 뭉게구름처럼

가진 게 없다하여도
이룬 게 없다하여도

파란하늘을 배경삼아 흐르는
하얀 뭉게구름처럼
유유자적 살아가는 사람은
얼마나 평온한 얼굴을 하고 있는지요.

안빈낙도도 삶을 살아가는
하나의 방법, 마음 편하게
오늘도 청빈의 삶을 살아가는 사람은
웃음소리도 맑습니다.

세상에 적게 가지고도 만족스런
삶을 살아가는 사람을
이길 수 있는 사람은 아무도 없습니다.

뭐든 마음먹기 나름인 것이
인생을 살아가는 방법임을 알고
언제나 지금의 자신의 위치에서 행복하게 살아가세요.

사랑하는 사람과

어떻게 태어난
귀한 인생인데
함부로 살 수 있나.

적어도 꽃처럼
고운 향기 풍기며
예쁘게 살아야지.

적어도 별처럼
찬란한 빛 밝히며
빛나게 살아야지.

정말 한번 뿐인 인생
초라하게, 슬프게
살다갈 순 없지 않은가.

노래하고 춤도 추며
신명나게 살다가야지.

정녕 사랑하는 사람과
한번쯤은 그렇게
멋들어지게 살아가봐야지.

그대예찬

그대는 꾸미지 않은 모습마저도
이리 곱고 아름다운데 한껏 꾸미고 나왔다면
나라를 망하게 하는 미모를 지녔다는
경국지색마저도 그만 울고 갔으리라.

바라볼수록 더 황홀해지는 그대.
차마 두 눈 뜨고는 똑바로 쳐다 볼 수조차도 없는
세상에서 가장 빛나고 찬란한 아름다움을 지닌 그대여.
어찌 이런 그대를 사랑하지 않고 배길 수 있겠는가!

술은 마시지도 않았음은 물론
술도가 근처에도 가지 않았는데
술보다 더 나를 취하게 만드는 그대로 인하여
나는 어느새 인사불성이 되고 말았네.

술보다 사람에게 취하는 것이
이리도 더 깨어나지 못하는 마법을 지녔다는 것을
예전엔 믿지 못했는데, 그대를 보고나니
나는 이제야 그 말이 사실이었음을 알게 되었네.

오, 그대 너무나 아름다워 오늘도 나에겐 천사가 따로 없네.

이유

그대의 눈물은 나의 눈물.
그대의 웃음은 나의 웃음.

그대가 눈물을 흘리면
내 눈에도 눈물이 흐릅니다.
그대가 웃음을 웃으면
내 얼굴에도 웃음이 넘칩니다.

나는 그대가 살아가는 동안에
눈물은 적게 흘리고
웃음은 많이 웃게 해주며 살아가고 싶습니다.

이것이 지금 내가 그대에게 머물러
그대를 사랑하며 살아가는 이유입니다.

당신만 내 곁에 있으면

당신만 내 곁에 있으면
소중한 날을 따로
잡거나 만들지 않아도 됩니다.
당신이 내 곁에 있다는 그것만으로도
나에겐 이미 모든 날이 소중한 날이기 때문입니다.

당신만 내 곁에 있으면
특별한 날을 따로
잡거나 만들지 않아도 됩니다.
당신이 내 곁에 있다는 그것만으로도
나에겐 이미 모든 날이 특별한 날이기 때문입니다.

아, 당신만 내 곁에 있으면
내가 살아온, 또 내가 살아갈
내 모든 하루하루가
소중한 날, 특별한 날이 되어주기 때문입니다.

그대도 자유로운 새가 되고 싶다면

하늘을 날아가는 새들이 자유로워 보이는 것은
세상 어디든 맘대로 날아갈 수 있어서가 아닙니다.

그건 저마다 자기의 사랑이 있는 곳으로
날아가기 때문입니다.

그러니 그대도 자유로운 새가 되고 싶다면
조금의 머뭇거림도 없이 그대의 사랑이 있는 곳으로
날아가세요.

살아가는 동안에 세상에서 가장 자유로운 곳이 있다면
그것은 오로지 그대의 사랑이 있는 곳으로 날아가는 것,

그것 하나뿐이니까요. 그것 하나밖에 없으니까요.

그림엽서1

이번 생에서 한 사람만
사랑하고 가야한다면
나는 조금의 망설임도 없이
그대를 선택할 것입니다.

나에게 있어 이번 생에서
만나 살아가야 하는 나만의 사람은
눈을 감고 보아도,
눈을 뜨고 보아도 그대 외엔
아무도 보이지 않기 때문입니다.

짧다면 짧고, 길다면 긴
이승에서의 삶에서
그리움에 빠져 살아갈 수 있는,
보고픔에 빠져 살아갈 수 있는
한 사람이 있다는 것은

그것은 그것만으로도
참으로 축복받은 인생입니다.

행복한 인생

적어도 마음속에
사무치게 그립다고
말할 수 있는 사람
하나쯤은 있어야,

적어도 마음속에
죽도록 사랑한다고
말할 수 있는 사람
하나쯤은 있어야,

적어도 마음속에
영원히 사랑한다고
말할 수 있는 사람
하나쯤은 있어야,

이것이 진정
행복한 인생 아닌가요.

적어도 내게는 그대가
그런 사람이어서
오늘도 더할 나위 없이
행복하게 살아가고 있습니다.

그림엽서2

당신을 사랑한다고 해서
산천의 모습이 변하거나
세상이 달라지는 않습니다.

하지만 마음에서 느껴지는
느낌은 참 많이도 달라집니다.

맨 날 보아왔던 화단의 꽃들이
더욱 생동감 있게 예뻐 보이고
하늘을 나는 새들의 울음소리가
더욱 듣기 좋은 노랫소리로 들려옵니다.

아는 사람들을 만나면 먼저
밝은 목소리로 인사를 건네고
따분하게 일을 했던 그간의 모습은
시간 가는 줄 모를 정도로
신바람이 나게끔 바뀌었습니다.

당신을 사랑하자 없던 꿈도 생기고
희망 또한 할 수 있다는 자신감으로
나를 도전형 인간으로 만들어주었습니다.

당신이 있어 오늘도 나는
더욱 나아지는 내일을 꿈꾸며
신나게, 긍정적으로 살아가고 있습니다.
사는 게 너무나 행복하고 즐겁습니다.

당신만 내게 있으면

당신만 내게 있으면
나는 세상 어디에 갔다 놔도
얼마든지 즐겁게 살아갈 수 있습니다.

당신만 내게 있으면
나는 그곳이
사막이어도 좋고요.
황무지여도 좋고요.
가시밭이어도 좋습니다.

당신만 내게 있으면
사람이 살 수 없는 곳에
나를 갖다 놓아도, 나는 얼마든지
그곳을 사람이 살 수 있는 곳으로
만들어 놓을 수 있습니다.

당신만 내게 있으면
나는 내게 주어진 환경이
아무리 척박하여도, 얼마 안가
그곳을 꽃밭으로 만들어 놓을 수 있습니다.

당신만 내게 있으면
나는 정말이지 그리 할 수 있습니다.

천생연분2

처음엔 죽도록 사랑하던 사람들이
철천지원수가 되어 싸우는 것을 간혹 봅니다.

처음엔 죽도록 사랑하던 사람들이
철천지원수가 되어 싸우는 것은
이승에서 만나 살아가야 하는
천생연분 사랑이 아니기 때문입니다.

당신과 나의 사랑은 어떤 일이 있어도
철천지원수가 되어 싸우는 일은 없을 것입니다.
당신과 나는 이승에서 만나 살아가야 하는
천생연분 사랑이기 때문입니다.

오늘도 당신은 나를, 나는 당신을 위해
서로 모든 것을 걸고서 살아가니
당신과 나의 사랑엔 웃음꽃이 피어선 질 줄을 모릅니다.

당신을 만나 사랑하자

어여쁜 당신을 사랑하자
세상도 아름답게 보여 집니다.

당신을 만나기 전엔
그냥저냥 살아가던 인생이
당신을 만나고 나서는
희망이 가득한 인생으로 바뀌어
꿈이 창공을 향해 날아오릅니다.

당신을 만나 사랑하자
세상을 사는 게 축복을 받은 듯
여기저기서 폭죽이 터져
내 마음의 하늘을 아름답게 수놓아 주어서
하루하루 살아가는 게
웃음으로 가득 채워져 좋기만 합니다.

당신과 함께 하는 나의 인생은
이제 혼자서는 행복해질 수 없는
오직 당신과 함께 할 때만
행복해 질 수 있는 그런 인생이어서

오늘도 당신과 마주 잡고 있는
마음의 손을 더욱 든든하게 잡고서
세상의 돌다리를 더욱더 두들겨보며 건너가고 있습니다.
당신 하고 라면 세상에 못 갈 곳이 없습니다.

제3장

행복한 세상에서 살려면

안녕

안녕!
이 인사는 언제 다시 볼지 모를 때 하는
마지막을 고하는 고별인사 같은,
그런 인사는 결코 아닙니다.

안녕!
이 인사는 아무 사고 없이 집으로 갔다가
내일 다시 반갑게 만나기를 바라는,
그런 마음을 담은 소중한 인사입니다.

안녕!
이 인사는 헤어졌다 만나는 것을 반복하지 않고
하루라도 빨리 한집에서 살길바라는,
그런 소망을 담은 특별한 인사입니다.

사람꽃

사람이 지니고 있는 것 중
사람꽃보다 예쁜 것은 없다.

겨울에서일수록 더욱
진가를 발휘하는 사람꽃

사람꽃이 피면, 사람꽃이 피면
기세등등하던 동장군마져도
꼬랑지를 내리고 도망가기에 바쁘고

올 겨울에도 화사하게 피어난
사람꽃 덕분에
어려운 이웃들이 환하게 웃으니
보기에 너무나도 좋다.

아, 사람꽃이여!
겨울이면 너나 가리지 않고
언제나 따뜻하게 피어나줘서
그저 정말로 고맙고 고맙다.

종지부를 찍을 수 없는 사랑

차마 그대 향한 나의 사랑에
종지부를 찍지 못하겠습니다.
아니 찍을 수가 없습니다.

바람이 나무를 흔들 듯
세상에 나를 흔드는 것이 있다 해도
그리고 그것이 강렬하면 할수록
나는 오히려 내 사랑을 지키기 위해
있는 힘을 다할 것입니다.

종지부를 찍을 수 없는 사랑은
내 마음의 산골짜기에서
맑은 시냇물이 흐르고, 그 시냇물은
강을 향하여 바다를 향하여
힘차게 달려갈 것입니다.

아, 종지부를 찍을 수 없는 사랑,
그대 향한 나의 변할 수 없는 마음이고
그대 향한 나의 변할 수 없는 사랑입니다.

내가 사는 세상이

내가 사는 세상이
이렇게 따뜻한 곳인 줄
이렇게 어여쁜 곳인 줄
그대가 내 마음속에 들어오면서
이제야 비로소 알게 되었습니다.

그대는 내 마음속에서
아름다운 꽃보다
더 아름다운 사람이어서
오월의 봄날처럼 따뜻하여 좋습니다.

그런데 만약에 그대가
내 마음속에서 머물지 않고 떠나간다면
그와 동시에 내 마음속은
시베리아 겨울 속으로
내동댕이쳐지고 말았을 것입니다.

그러니 내 사랑 그대여,
어떤 일이 있더라도 내 마음속에서 떠나지 말고
언제까지나 꽃보다 더 아름답게
내 마음속에서 살아가다오.

오직 그렇게, 그렇게 살아가다오.

그대가 곁에 있어 좋은 건

그대가 곁에 있어 좋은 건
행복한 일이 없어도
나를 행복하게 해준다는 거예요.

나이를 먹을수록
마음속을 채우는 생각은
사랑만이 남는 것 같아요.

지금 내 곁에 그대가 없다면
나는 무엇으로 행복할 수 있을까요?

나는 오늘도 그대를 곁에 두고서
행복한 하루를 살아가니
세상 부러운 것이 없습니다.

사랑과 행복

사랑을 하는 마음이
사랑을 받는 마음보다
하늘처럼 높아야 합니다.
바다처럼 넓어야 합니다.

사람에게 있는 것 중
받아서 행복한 것보다
줄수록 행복해지는 것은
하늘처럼 높은 사랑밖에 없습니다.
바다처럼 넓은 사랑밖에 없습니다.

나는 오늘도 오직
하늘처럼 높은 마음으로
바다처럼 넓은 마음으로
당신만을 사랑하며 살아가니
봄 햇살 속에 꽃처럼
행복이 마고마구 피어나 좋습니다.

정말로 사랑을 받는 것보다
사랑을 주는 것이 더 큰 행복이어서
나는 당신 사랑하는 일을 좀처럼,
영원히 멈출 수가 없을 것 같습니다.

꿀맛처럼 달콤한 인생

당신이 나의 사랑이어서
내 맘이 가볍고, 내 맘이 가벼우니
어깨에 날개를 달지 않았는데도
나는 하늘을 나는 듯한 기분으로
요즘 하루하루를 살아가고 있습니다.

나 혼자 있을 때도 내 몸무게가
꽤 많이 나갔는데, 이상하게도
당신이 내 마음에 들어와 사는 지금
오히려 몸무게가 줄어서 가볍게
사뿐사뿐 춤을 추듯 살아가고 있습니다.

사랑은 무엇이든 가볍게 해줍니다.
꿈도 가벼워져 이룰 수 있다는 생각이
온 마음을 가득 채워버려
희망이 어둠속에서도 빛을 밝히며
경쾌한 발걸음으로 앞을 향하여 상큼상큼 나아갑니다.

당신이 나의 사랑이 되어줘서
살아가는 매일매일이 슬픈 일보다는
기쁜 일로 인생을 가득 채워줘 오늘도
사는 맛이 꿀맛처럼 달콤하기만 합니다.

아, 그대가 나를 떠나지 않는 한
나의 인생은 꿀맛처럼 달콤한 인생을
앞으로도 계속해서 살아가게 될 것입니다.

그림엽서3

당신이 나를
사랑하는 것 천배만큼
나는 당신을 사랑합니다.

아니 당신이 나를
사랑하는 것 만배만큼
나는 당신을 사랑합니다.

아니 말로는 다
표현할 수 없을 만큼
나는 당신을 사랑합니다.

나는 무엇보다도
당신을 사랑하는 게
내가 누릴 수 있는 최고의 행복이어서,

오늘도 웃음이 끊이지 않게
당신을 사랑하고 있습니다.

사랑의 시작은 고백부터입니다

지금 짝사랑하는 사람이 있다면
내일로 미루지 말고
오늘 용기를 내어 고백을 하기 바랍니다.

내일은 어떻게 될지 모르는
짙은 안개 속에 가려져 있는 시간이므로
내일을 믿고 오늘 고백하지 않는 것은
어쩌면 바보나 하는 짓일지도 모르기 때문입니다.

사랑한다면 우물쭈물 거리지 말고
차일피일 미루지 말고 오늘이 고백할 수 있는
최적의 날이라는 것을 마음에 담고선
늠름하게 다가가 사랑한다고 고백을 하기 바랍니다.

그것은 고백만이 당신의 짝사랑을
환하게 웃을 수 있는 사랑으로 만들어 줄 수도 있는
이 세상에 존재하는 특효약이기 때문입니다.

살아보니 사랑이란

그대를 처음 만난 날
앞으론 따로 하는 일보단
그대와 함께 할 일이
더욱 많아질 거라는 생각이
퍼득 마음을 채워왔습니다.

시간이 흐를수록
따로 할 일은 점점 줄어들고
함께 할 일은 차츰차츰 많아지다가

그러다가 어느 날엔가
따로 하는 일은 사라지고
함께할 일만 온통
서로의 마음을 가득 채워버리는,

아, 살아보니 사랑이란
다름은 적어지고 같음만이 마음을
가득 채워주는 교집합이 되는 것,
그것이 그대와 내가 지금 하고 있는 사랑입니다.

우리 사랑은

내가 그대를
생각하는 만큼
그대도 나를
생각해준다면

내가 그대를
좋아하는 만큼
그대도 나를
좋아해준다면

우리 사랑은
모래사막에서도
꽃을 피울 거예요.

우리 사랑은
추운 남극에서도
봄날로 살아갈 거예요.

너무나 아름다운 우리 사랑
이 세상 끝나는 날까지
변치 않고 이어졌으면
정말로 좋겠어요.

내가 이러는 것은

그대가 그리울 땐
그대가 보고플 땐
하늘에서 가장 빛나는 별 하나를
나는 뚫어져라 바라봅니다.

그리곤 그 별에다
그대 향한 나의 그리움을
그대 향한 나의 보고픔을
간절한 마음에 담아 보내는
즐거움에 빠져 지내고 있습니다.

내가 이러는 것은
혹여 그대도 지금
그 별을 바라보며
나를 그리워하는 마음을
나를 보고파하는 마음을
정성을 다해 성심껏
보내고 있을지도 모르기 때문입니다.

양수리에서

너와 나 손을 잡으면
남한강과 북한강이 만나
한강이 되는 것과 같은 거야.

너와 나 손을 잡으면
남한강과 북한강이 만나
강폭은 더욱 넓어지고
수심은 더욱 깊어지는
한강이 되는 것과 같은 거야.

너와 나 손을 잡으면
남한강은 북한강으로 섞이고
북한강은 남한강으로 섞여
완전한 하나로 새로 태어나는
한강이 되는 것과 같은 거야.

그리고 한강이 되는 것은 말이야
사랑이 되는 것과 같은 거야.

그대와 나의 사랑은

그대와 나의 사랑은
꽃처럼 예쁘게 피어나고 단풍처럼 곱게 물들어
세상 그 누구의 사랑보다
아름답게 살아갈 수 있었으면 참 좋겠습니다.

그대와 나의 사랑은
서로만을 죽도록 사랑하여 누군가의
부러움을 받는 사랑이 되어 밝게 빛났으면
하루하루 살아가는 일이 참 좋겠습니다.

그대와 나의 사랑은
미워하며 헤어지는 사랑과는 거리가 먼
잉꼬사랑이 되어 한평생
행복한 인생만을 살아갔으면 참 좋겠습니다.

그대와 나의 사랑은
설령 싸움을 하더라도 사랑이 더 깊어지는
천생연분 사랑이어서 웃음으로
마무리를 짓는 인연이 되었으면 참 좋겠습니다.

정말 기쁘고 행복한

사람이 살아가면서
길을 잃고 헤매는 것은
가야 할 목적지가
확실치 않기 때문입니다.

내가 그대에게 가면서
길을 잃지 않고 가는 것은
가야할 목적지가
확실하기 때문입니다.

그대가 나의
가장 소중한 꿈이고
오직 하나밖에 없는 사랑인데
눈을 감고 가도
길을 잃어서는 안 되지요.

그대가 있어 나의 세상은
그대와 살고 싶어서 안달이 난
정말 기쁘고 행복한
그런 세상이 되어 버렸습니다.

보름달

방아 찧던 토끼는
어딘가로 마실을 가고
어여쁘고 아리따운
그대 얼굴만이
환하게 그려져 있네.

그대 얼굴만이
환하게 그려져 있으니
호강하는 것은 나.

보름달에 그려진
그대 얼굴을 보는 재미로
오늘도 나는 밤이
깊어가는 줄도 모르고
그대 사랑하는 마음만
더욱 아로 새기고 있네.

너와 나의 사랑이 그러하듯 말이야

사랑하는 사람이 마음속에 들어오는 순간부터
사람들은 변하기 시작하지.
단점을 고치려고 애쓰고,
게으름을 부지런함으로 바꾸고,
평범함을 노력함으로 전환하려 하지.

사랑하는 사람에게 어울리는 사람이 되겠다는
마음가짐으로 꿈을 향해 가는 전진을 멈추지 않지.
아무리 힘이 들고 고달파도 견디어 내고 말지.

누군가에게 사랑하는 사람이 된다는 것은
그것 하나만으로도 한 사람의 인생을 바꿀 수 있는
큰 힘을 갖게 되는 거야. 지금 사랑하는 사람이
곁에 있는 사람은 다른 것 하나 없어도 행복한 사람이야.

사랑이 주는 힘은
세상의 모든 어려움을 헤쳐 나갈 정도의 힘은 가지고 있지.

너와 나의 사랑이 그러하듯 말이야.

만약에 그대와 내가

만약에 그대와 내가
이별해야 하는 날이 온다면
사슴이 호랑이를 잡아
얌얌얌 먹는 날이 올 때,
그때서야 우리 이별해요.

만약에 그대와 내가
헤어져야 하는 날이 온다면
멸치가 고래를 잡아
통째로 삼키는 날이 올 때,
그때서야 우리 헤어져요.

아, 너무나 쉽고도 쉽지요!
그대와 내가 이별하는 방법이,
나와 그대가 헤어지는 방식이.

행복한 세상에서 살려면

사람이 사람에게
반하는 것은 좋은 것입니다.

사람이 사람에게
끌리는 것은 좋은 것입니다.

사람이 사람에게 반하는 만큼
사람이 사람에게 끌리는 만큼
세상이 행복해지기 때문입니다.

행복한 세상에서 살려면
사람에게 반하세요.
사람에게 끌리세요.

내가 그대에게 반한 것처럼.
내가 그대에게 끌린 것처럼.

보름달 맛

삶은 달걀을
반으로 자르면
보름달 두 개가
노랗게 떠오릅니다.

하나는 그대가 들고
하나는 내가 들고

그리곤
서로의 입에
한가득 넣어주지요.

아, 보름달 맛이
이런 거였군요.

하늘이 내려준 축복

그리운 사람 그리워
그대의 얼굴을 떠올려 봅니다.
보고픈 사람 보고파
그대의 모습을 생각해 봅니다.

산다는 것은 무엇일까요.
그것은 아마도 그리운 사람을
그리워하며 사는 것일 것입니다.
그것은 아마도 보고픈 사람을
보고파하며 사는 것일 것입니다.

그러니 살아가면서
그리운 사람이 있다는 것은
그러니 살아가면서
보고픈 사람이 있다는 것은
다름 아닌 하늘이 내려준 축복임에 틀림없습니다.

오늘도 하늘이 내려준 축복이 깨지지 않도록
아름다운 사랑을, 가슴 따뜻한 사랑을
아낌없이 나누며 살아가도록 해야겠습니다.

사랑의 축복은 하늘이 내려 주었다면
사랑의 행복은 사람이 만드는 것임을
늘 잊지 않고 살아갔으면 참으로 좋겠습니다.

너와 함께 가는 길은

너와 함께 가는 길은
그곳이 초원의 길이든
그곳이 사막의 길이든

너와 함께 가는 길은
그곳이 숲속의 길이든
그곳이 암석의 길이든

너와 함께 가는 길은
그곳이 바다의 길이든
그곳이 계곡의 길이든

온통 마음 설레며 가는
소풍길이어서, 여행길이어서
이렇게 좋을 수가 없다.

내 그대 인생에

내 그대 인생에
덧셈은 될지라도
뺄셈은 되지 않겠습니다.

내 그대 인생에
곱하기는 될지라도
나누기는 되지 않겠습니다.

내 그대 인생에
도움은 될지라도
민폐는 되지 않겠습니다.

내 그대 인생에
추억은 될지라도
환멸은 되지 않겠습니다.

그대라면 나

그대라면 나
사랑에 안달하며 살아도
좋을 것 같습니다.

그대라면 나
사랑에 모든 걸 걸어도
괜찮을 것 같습니다.

나의 가장 큰 소망

아주 강력한 바람이
나더러 그대를 사랑하지 않으면
나에겐 불어오지 않겠다고
유혹의 손길을 보내어도
그럴수록 나는 그대를 더욱
사랑할 것임을 약속할 따름입니다.

아주 짙은 어둠이
나더러 그대를 사랑하지 않으면
나에겐 어둠을 내리지 않겠다고
유혹의 눈빛을 보내어도
그럴수록 나는 그대를 더욱
사랑할 것임을 맹세할 따름입니다.

아주 차가운 추위가
나더러 그대를 사랑하지 않으면
나에겐 추위를 보내지 않겠다고
유혹의 몸짓을 보내어도
그럴수록 나는 그대를 더욱
사랑할 것임을 다짐할 따름입니다.

그대가 있기에 내가 존재하는 것인데
어찌 그대를 사랑하지 않고 내가 살아갈 수 있을까요?
나는 어떤 시련이 닥쳐와도
그대를 사랑하는 일을 결코 멈추지 않을 것입니다.

오, 나의 아름다운 사람. 나의 천사여
오늘도 나는 그대를 사랑하는 일이 가장 행복하답니다.
이 맘은 영원히 변치 않을
그대에 대한 나의 가장 큰 소망입니다.

그대에게 보내는 연서

꽃이 아무리 어여쁘게
여기저기 무리 지어 피어나도
단 한 송이 내 님 꽃이 피어나지 않는다면
나의 계절은 따뜻한 봄이 아니라
여전히 찬바람 부는 겨울입니다.

근데 내가 찬바람 부는
겨울 속에 서서 울며 지내지 않는 것은
단 한 송이 내 님 꽃인 그대가
어느 꽃보다도 아름답게 피어서
내 앞에 미소 진 얼굴로
나만을 바라보며 서 있기 때문입니다.

그대여, 고맙습니다.
나의 계절을 찬바람 부는 겨울이 아니라
따사로운 해살이 내리쬐는 봄이게 해줘서.

그런 봄 속에서 그대를 꼬옥 끌어안고
등 토닥이며 아낌없이 맘껏 사랑할 수 있게 해줘서

가장 아름다운 삶

살아보니
그대 사랑하며 산 삶이
가장 아름다운 삶이었습니다.

지금도 변함없이
그대가 내 사랑으로
내 곁에 머물러줘서
얼마나 고마운지 모릅니다.

나는 앞으로 남은 삶도
그대만을 사랑하여
가장 아름다운 삶을
평생 이어가도록 하겠습니다.

사랑에 빠지면

사랑하는 사이를
자신의 맘에 들지 않는다고
갈라놓으려 하지 마세요.
떼어놓으려 하지 마세요.

그것이 자식이든
그것이 부모이든
그것이 그 누구든

사랑에 빠지면
다른 사람은 안 되고
오직 그 사람이어야 한다는 것을
세상에 모르는 사람 없잖아요.

근데 뜯어 말린다고
근데 떼어 놓는다고
무슨 소용이 있겠어요.

그러면 그럴수록
자석처럼 더 꼭 붙어서
떨어지지 않는 것을.

알지요. 사랑에 빠진 사람은
그냥 내버려두는 게
가장 좋은 방법이라는 것을.

소망1

심장은
사랑받을 때가 아니라
사랑할 때 뜁니다.

그대를 향해서 뛰는
나의 심장은
언제나 나를
즐겁게 해주지요.

오늘도 나는
나의 심장이
그대만을 바라보며
평생 콩닥콩닥 뛰기를
소망하며 살아갑니다.

소망2

내가 꽃샘추위를
이겨 내고
한 송이 꽃으로
피어난 것은
오로지 당신 때문이에요.

나는 말이지요.
당신이 나를
그 누구보다도
예쁘게 봐줬으면
참으로 좋겠어요.

그건 나는
당신의 사랑이 되어
오래도록 함께
살아가고 싶기 때문이에요.

제4장

그대만이 나를

그대가 있으니까

다른 사람이 아닌
그대가 있어 오늘도 나는
행복한 사람입니다.

별을 바라보다가
꽃을 바라보다가
떠오르는 사람이
다른 사람이 아닌 그대여서
하루하루 사는 일이
기쁨이고 즐거움입니다.

아, 그대가 있으니까
먹고살기 위해서 하는 일도
힘든 노동이 아니고
흥겨움의 콧노래입니다.

또 다시 당신에게로

당신을 떠나면
당신을 잊을 줄 알았어요.
허나 그 생각은
아주 잘못된 생각이었어요.

당신을 떠나자
내 마음은 외려
당신이 더욱 그리워졌어요.
당신이 더욱 보고파졌어요.

당신을 떠나 있을수록
내 마음은 당신에게로
흘러가는, 거세게 흘러가는
물줄기가 되었어요.

그때서야 알았지요. 나는
당신을 떠나서는 결코
살 수가 없는 사람이란 걸.

내가 이 세상에서
사랑해야 하는 단 한 사람은
오직 당신뿐이라는 것을.

그대만이

그대만이
내게로 왔을 때
비로소 어둠속의 꽃이 아니라
밝음 속의 꽃이 되어
피어났습니다.

그대만이
내게로 왔을 때
비로소 겨울속의 꽃이 아니라
봄날속의 꽃이 되어
피어났습니다.

그대만이
내게로 왔을 때
비로소 마음 밖의 꽃이 아니라
마음속의 꽃이 되어
피어났습니다.

사랑합니다

사랑합니다.
지금의 아름다운 그대 모습만이 아닌
세월 따라 변해가는
주름 골 파인 그대 모습까지도.

사랑합니다.
기쁨에 환히 웃는 그대 모습만이 아닌
힘들어 지쳐서
슬픔에 눈물짓는 그대 모습마저도.

사랑합니다.
꿈을 쫓아 성공한 그대 모습만이 아닌
온갖 노력을 다했으나
실패에 쓴 잔을 마신 그대 모습까지도.

사랑합니다.
앞에서의 화려한 그대 모습만이 아닌
보여주고 싶지 않은
뒤에서의 초라한 그대 모습마저도.

사랑합니다.
나는 내 인생 모두를 걸고서
그대의 어떤 모습도 반겨 맞아
아끼고 안아주고 감싸주며.

사랑1

서로의 인생을 위해
무엇이 되어 줄 것인가를
생각하는 것이 사랑입니다.

될 수 있는 한
자기가 되어줄 수 있는
가장 좋은 것이
되어주기 바랍니다.

하나가 아닌 둘은

아무리 세상이
살기 어려워도
하나가 아닌 둘이
그리워하고 사랑하면
꽃처럼 환히 웃을 수 있습니다.

아무리 세상이
살기 힘들어도
하나가 아닌 둘이
보고파하고 사랑하면
별처럼 밝게 빛날 수 있습니다.

아, 하나가 아닌 둘은
세상의 모든 것을
헤쳐 나가고도 남을
넉넉한 힘을 가지고 있습니다.

이 시는 1990년에 베스트셀러 시집이 되었던 <하나가 아닌 둘은 세상의 모든 것을 헤쳐 나가고도 남을 넉넉한 힘을 가지고 있습니다>에 실려 있던 시로, 조금 손을 보아 여기에 다시 실어놓은 시입니다. 모쪼록 지금 이 세상을 살아가는 독자 여러분께 힘이 되는 시가 되었으면 합니다.

꽃1

꽃이라고
다 같은 꽃이랴!

내 마음에 핀 꽃이
제일 고운 꽃이지.

내 가슴에 핀 꽃이
가장 예쁜 꽃이지.

그대가 바로
그런 꽃이지.

꽃2

당신은 어여쁜 꽃

당신 바라보는
내 눈빛은 초롱초롱
당신 바라보는
내 가슴은 두근두근

당신은 바라볼수록
나를 설레게 하는
세상에 단 한 사람

아, 꽃인 당신이여!
영원토록 내 앞에서
그리 아름답게 피어 있어 주소서.

꽃3

그대가 너무 예뻐서
그대가 너무 고와서

좀처럼 그댈
사랑하는 일을
멈출 수가 없습니다.

아마도 남아 있는
모든 날이 그럴 것 같습니다.

꽃4

꽃은 아무리
오래 보아도
더욱 보고플 뿐
질리지 않습니다.

꽃은 언제나
보고 또 봐도
더욱 그리울 뿐
물리지 않습니다.

이 꽃과 같은 이
내게도 있으니
그건 바로 당신입니다.

당신이 있어 오늘도 나는
누구보다 행복하게
잘 살아가고 있습니다.

그대만이 나를

그대만이 나를
미워하지 않고 사랑해주면
그대만이 나를
싫어하지 않고 좋아해주면

정녕 그대가 그리만 해준다면

나는 한 없이
즐거운 표정을 지으며
사철 지지 않는
아름답고 어여쁜 꽃을
세상에 맘껏
피워내며 살아갈 거예요.

혹여 그곳이 풀 한포기
자랄 수 없는
모래사막일지라도 말이에요.

나에겐 그대인가 보다

시간이 흘러도
그리운 사람은 그대 뿐.
보고픈 사람은 그대 뿐.

그대를 생각하면 할수록
그대가 아주 많이 그립다.
그대가 아주 많이 보고프다.

세상에 한 사람에게
한 사람씩만 있다는
함께 있어도 그리운 사람이,
함께 있어도 보고픈 사람이
나에겐 그대인가 보다.

사랑2

사랑한 건
부끄러운 것이 아닙니다.

사랑한 건
자랑해도 좋은 것입니다.

이 세상에 사랑보다
아름다운 것이 있다면
그건 아무리 찾아보아도
역시 사랑밖에 없습니다.

그래서 때론
목숨을 걸고 하는 것이
사랑인 것입니다.

어쩌면 행복은

내 삶이 가난하여도
내 미래를 믿고
내 곁에 바싹 붙어 서서
언제든 물심양면으로 힘을 보태주는,
그런 사람이 있는 사람은
참으로 행복한 사람입니다.

내 꿈이 원대하여도
내 도전을 믿고
내게 너는 할 수 있다며
항상 웃는 얼굴로 응원을 해주는,
그런 사람이 있는 사람은
참말로 행복한 사람입니다.

내 인생이 흔들릴 때도
내가 지닌 힘을 믿고
내게 너는 반드시 바람을 이겨내곤
멋지게 살날이 올 것이라고 말해주는,
그런 사람이 있는 사람은
정말로 행복한 사람입니다.

아, 어쩌면 행복은
나를 믿어주는 한 사람만 있으면
그것으로 충분한 것인지도 모릅니다.

나는 그대에게

꽃처럼
바다처럼
무지개처럼
나는 그대에게
잘 보이고 싶습니다.

별처럼
하늘처럼
새소리처럼
나는 그대에게
잘 보이고 싶습니다.

그리하여 나는
목숨이 다하는 날까지
변치 않는 그대의 사랑이 되어
한평생 살아가고 싶습니다.

자화상

어느 사람은 종이 위에
자화상을 그리고
어느 사람은 바위에다
새겨 놓기도 하지만
또 어느 사람은 자신의 가슴에
그리기도 하지만
나는 당신에게 내 자화상을 그렸습니다.

요즘 들어 나를 가장
행복하게 해주는 말은
사람들이 당신과 나를 보고
닮았다고 해줄 때입니다.
그것도 참 많이 닮았네 하고
말해줄 때입니다.
나는 당신에게 내 자화상을 그렸으니까요.

나의 꽃

저 산 너머에
저 강 건너에
꽃이 만발하게 피어 있다한들

지금 내 앞에 피어 있는
꽃보다 어여쁠까요.

꽃도 보이는 곳에 있는 것이 꽃이지
보이지 않는 먼 곳에 있는 꽃은
꽃이어도 꽃이 아닙니다.

당신은 오늘도
내 앞에 피어나
나에게 행복을 주는
단 한 송이 어여쁜
나의 꽃으로 살아가주어서 참 좋습니다.

아, 당신이 있어
나의 인생은 매일매일
꿈길을 걷습니다.

칭찬의 말을 해주세요

사랑하는 사람이
자신의 일을 멋지게 해냈을 땐
미소를 머금고 엄지척을 해주며
칭찬의 말을 해주세요.

칭찬은 사랑하는 사람으로 하여금
더 큰 일도 해낼 수 있는,
참으로 엄청난 힘을 내게 하는
마법을 가지고 있습니다.

칭찬은 하는 사람이나 받는 사람
모두를 즐겁게 해주는, 세상에 있는
몇 안 되는 즐거움 중 하나입니다.

그대여, 고맙습니다

그대라는 사람이
내 눈에 들어와
나보다 더 소중한
사람이 되었습니다.

그대라는 사람이
내 맘에 들어와
나보다 더 특별한
사람이 되었습니다.

지금 내게는
그대를 바라보며 사는 것이
세상에서 가장 크고 즐거운
행복이 되었습니다.

그대여, 고맙습니다.
오늘도 내 사랑이 되어줘서
오늘도 내 사랑으로 남아줘서

건강하다는 것은

건강하다는 것은
참으로 좋은 거예요.

다른 모든 것을 떠나서
사랑하는 사람과
예쁜 자식 낳고
천년만년 살 수 있는 것도
다 건강할 때 가능한 거예요.

오직 건강할 때만
사랑도 행복이 되어
내편이 되어 주는 것이니,
건강할 때 사랑을 위해
더욱더 건강을 지키도록 하세요.

오늘도 여전히

내가 살기 힘들어도
웃음을 잃지 않고 살아가는 건
내 가슴속에 그대란 꽃이
어여쁘게 피어 있기 때문입니다.

내가 살기 어려워도
희망을 잃지 않고 살아가는 건
내 마음속에 그대란 꽃이
아름답게 피어 있기 때문입니다.

오늘도 여전히
그대란 꽃이 활짝 피어 있어
나는 씩씩하게 내 인생길을
한걸음, 한걸음 앞으로 걸어가고 있습니다.

꽃 피우며 살자

사막에 살더라도
북극에 살더라도
꽃 피우며 살자.

나는 너란 꽃을
너는 나란 꽃을
꽃 피우며 살자.

꽃 피우며 사는 인생엔
고운 향기만이 넘쳐나
삶을 풍요롭게 해주니,

너와 나, 우리는
삶이 다하는 날까지
꽃 피우며 사는
그런 멋진 인생을
살아가 보도록 하자.

누군가를 소중히 여기는 사람이 되려면

자신이 자신을 소중히 여기는 사람이 되어야
다른 사람도 소중히 여길 수 있는 사람이 될 수 있고
자신이 자신을 사랑으로 대하는 사람이 되어야
다른 사람도 사랑으로 대할 수 있는 사람이 되는 것이다.

자신이 자신을 소중히 여기지 않는 사람은
다른 사람도 소중히 여길 수 없는 사람이 되고
자신이 자신을 사랑으로 대하지 않는 사람은
다른 사람도 사랑으로 대할 수 없는 사람이 된다.

누군가를 소중히 여기는 사람이 되려면
먼저 자신을 소중히 여기는 사람이 되어야 하고
누군가를 사랑으로 대하는 사람이 되려면
먼저 자신을 사랑으로 대하는 사람이 되어야 한다.

사랑의 불길

불이 나 불길이 치솟아도
끄지 않아도 되는 불길이 있습니다.

그것은 죽도록 살도록
서로가 좋아서 난 사랑의 불길입니다.

훨훨 타오를수록 더 좋은,
오히려 더 잘 타오르라고
기름을 부어주면 더더욱 좋은
내가 그대 사랑해서 난 불길이여!
그대가 날 사랑해서 난 불길이여!

끄지 않고 내버려둘수록
꽃보다 향기롭게 마음을 채워주는,
단풍보다 아름답게 마음을 물들여주는
그대와 나의 사랑에 불붙은
나와 그대의 사랑에 불붙은,

아! 이 사랑의 불길,
그대와 나 사이에서, 나와 그대 사이에서
언제까지나 영원토록 꺼지지 않고
맹렬한 기세로 솟구치며 타올랐으면 좋겠습니다.

그대 하고 라면

사랑하면서도
헤어짐이 많은 세상
이별이 흔한 세상에서

그래도 헤어짐 없이
그래도 이별 없이
살아가고 싶은
한 사람이 있다면

내 인생에서 한평생
꽃으로 펴도 좋은 사람
별로 떠도 괜찮은 사람인
그대 한 사람뿐입니다.

그대 하고 라면
헤어짐 없는 사랑을 하며
이별 없는 사랑을 하며
한세상 살아가도
나는 후회가 없을 듯합니다.

그대 사랑이여, 웃어라

그대 사랑이여, 웃어라.
웃음만큼 소중한
사랑의 표현은 없어라.
그대가 많이 웃을수록
내가 그대에게 즐거운 사랑을
많이 주고 있다는 증거.

그대 사랑이여, 웃어라.
진실한 사랑을
그대에게 주면 줄수록
주는 나 역시 행복해지는 것은
사랑은 받을 때보다 줄 때
더 행복해지는 이타심을
가지고 있기 때문.

그대 사랑이여, 웃어라.
오늘도 나는 그대 사랑함으로
가득 마음을 채우고 살아갈지니
그대 사랑이여, 언제나
나의 사랑으로 웃고 또 웃어

나에게 기쁨을 주어라.
나에게 즐거움을 주어라.

그대에게1

나는 내가 가진 모든 것을
그대에게 주고 싶습니다.
그것이 물질이든, 마음이든
조금도 아까워하지 않고
남김없이 그대에게 주고 싶습니다.

지금 나에겐 그대보다
소중한 것은 없습니다.

나는 그대를 빛나게 해줄 것이 있다면,
그것이 무엇이든 그대에게 줘
그대를 누구보다 빛나게 해주고 싶습니다.
사랑스러운 그대를 빛나게 해주기 위하여
내가 하지 못할 일은 하나도 없습니다.

지금 나에겐 그대보다
특별한 것은 없습니다.

그대를 위하여 오늘도 나 사노니
그대만 내 곁에 있으면 나는 그곳이 어디든
즐겁고 행복한 표정을 지으며
예쁘게 살아가고 있습니다. 이제 그대만이
나의 전부여서 나는 그대와 함께
영원한 사랑을 꿈꾸며 살아갑니다.

그대에게2

나를 너무 좋은 곳으로
데려가려고 애쓰지 마세요.

나에게 있어 가장 좋은 곳은
그대가 있는 곳이니까요.

그대가 있는 곳이라면
겨울들판도 꽃밭이에요.

그대가 있는 곳이라면
북극의 날씨도 봄날이에요.

그대가 곁에 있어 나는 오늘도
행복의 휘파람을 불어요.

그대가 맘에 있어 나는 오늘도
축복의 노래를 불러요.

그대에게3

나는 그대에게
한눈에 반해버렸습니다.
나는 그대에게
사랑에 푹 빠져버렸습니다.

얼굴이 꽃처럼 예쁜 사람.
마음이 비단처럼 고운사람.

내가 한눈에 반한 사람이
내가 사랑에 푹 빠진 사람이
그대여서 참으로 좋습니다.

나는 생의 마지막 날까지
그대와 함께 인생을 여행처럼
소풍을 온 듯 살아가고 싶습니다.

에덴동산

에덴동산이 따로 있나.

너와 나
둘이 함께 가면
사막이라도
꽃 피는 초원
에덴동산이 되지.

에덴동산이 따로 있나.

너와 나
함께 꿈을 꾸며
행복하게 살아가면
너와 내가 사는
이 삭막한 도시도
에덴동산이 되지.

에덴동산이 따로 있나.

너와 나
함께라면 세상 어디든
축복 받은 땅
에덴동산이 되지.

소나무처럼 푸르게

그대 그리워하는 마음
그대 보고파하는 마음
잠깐이라도 그대 얼굴 보면
이리도 좋을까.
저리도 좋을까.

그대를 사랑하는 마음은
오늘만이 아니라 먼 훗날에도
그대를 사랑하는 마음

한 겨울에도 변치 않는
소나무처럼 푸르게
그대를 사랑하는 내 마음도
언제까지나 변치 않고 푸르게.

아, 오늘도 내 사랑인 그대
먼 훗날에도 내 사랑으로 남아
잊히지 않는 노래가 되리.

**그대를 사랑하는 일이
나는 가장 행복했어요**

2024년 3월 21일 초판발행
지은이 이동식
펴낸이 안대현
펴낸곳 풀잎
등록 제2-4858호
주소 서울시 중구 필동로 8길 61-16
전화 02_2274_5445/6
팩스 02_2268_3773
디자인 부성